¡FIN DEL JUEGO,
SÚPER CHICO CONEJO!

¡PRESIONA EMPEZAR!

¡FIN DEL JUEGO, SÚPER CHICO CONEJO!

THOMAS FLINTHAM

BRANCHES

SCHOLASTIC INC.

A JACK

Originally published in English as *Press Start! #1: Game Over, Super Rabbit Boy!*

ISBN 978-1-338-15907-3

10 9 8 7 6 5   21 22

Printed in China   62
First Spanish printing 2017

Book design by Maeve Norton

CONTENIDO

Este es Pueblo Animal.

SÚPER DIVERSIÓN

EMPEZAR
SELECCIONAR

Es un pueblo pacífico lleno de animales amigables y felices. Los habitantes del pueblo se divierten todo el tiempo. Juegan. Bailan. Cada día tienen una fiesta.

Este es Perro Cantante. Vive en Pueblo Animal. Adora la felicidad. Adora la diversión. Y adora hacer felices a los demás. Todos se divierten con Perro Cantante. ¡Perro Cantante sabe cómo ser feliz!

Perro Cantante

Este es Rey Vikingo. Vive en la Fábrica Bum Bum en lo alto del Monte Bum. No le gusta la felicidad. No le gusta la diversión. No le gusta la gente que es feliz y divertida. Ni un poquito.

Rey Vikingo

Rey Vikingo no soporta que haya diversión en Pueblo Animal. Él nunca ha bailado. Nunca ha jugado. ¡Lo único que ha hecho es ser odioso! Así que ha diseñado un Plan Antidiversión.

¡Ja! ¡Ja! ¡Ja! ¡Acabaré con la diversión de una buena vez!

PLAN ANTIDIVERSIÓN

- ARMAR UN EJÉRCITO DE ROBOTS.

- SECUESTRAR A PERRO CANTANTE.

- USAR A LOS ROBOTS PARA BORRAR LA DIVERSIÓN POR TODAS PARTES.

Rey Vikingo y su Ejército de Robots salen de viaje. Van desde la Fábrica Bum Bum hasta Pueblo Animal.

Los habitantes del pueblo ven a Rey Vikingo y salen corriendo. Todos saben que es cruel y malvado. Siempre crea problemas.

¡Ay, no! Perro Cantante está concentrado cantando y bailando. ¡No ve a Rey Vikingo y su Ejército de Robots!

Rey Vikingo atrapa a Perro Cantante y lo amarra.

Rey Vikingo regresa volando a la Fábrica
Bum Bum. Pero deja a sus robots atrás.

3 ¡SÚPER CHICO CONEJO!

El erizo Simón corre tan rápido como sus piernas se lo permiten. Corre hasta llegar al Castillo Zanahoria.

Entonces, el mayor héroe de todos los tiempos sale del castillo: ¡Súper Chico Conejo!

Hace unos años...

CUANDO ERA TAN SOLO UN BEBÉ, CHICO CONEJO GATEABA POR EL BOSQUE BUSCANDO COMIDA.

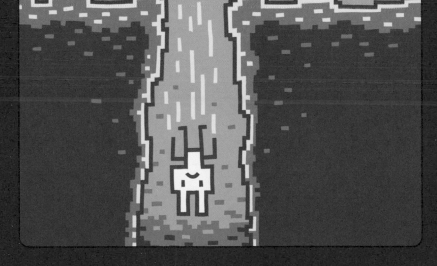

PERO SE CAYÓ POR UN HOYO HASTA UN NIVEL DE LABERINTO DE PUNTOS EXTRA.

DESPUÉS DE UNA BÚSQUEDA LARGA Y HAMBRIENTA,
CHICO CONEJO ENCONTRÓ UNA SÚPER ZANAHORIA
BRILLANTE EN EL CENTRO DEL LABERINTO. SE
VEÍA SABROSA. ¡CHICO CONEJO SE LA COMIÓ DE
UN BOCADO!

¡Crac, crac, choc, choc, ñam, ñam!

PERO NO ERA UNA ZANAHORIA NORMAL.
¡ERA UNA ZANAHORIA SÚPER MÁGICA!

DESDE ESE DÍA, CADA VEZ QUE CHICO CONEJO SE COME UNA ZANAHORIA SÚPER MÁGICA, ¡PUEDE SALTAR MUY ALTO...

Y CORRER MUY, MUY RÁPIDO! (¡INCLUSO MÁS RÁPIDO QUE EL ERIZO SIMÓN!)

ES EL ANIMAL MÁS FUERTE Y VALIENTE DE PUEBLO ANIMAL. CHICO CONEJO JURÓ USAR SUS PODERES ESPECIALES PARA HACER EL BIEN. ¡TODOS LO CONOCEN COMO **SÚPER** CHICO CONEJO!

El erizo Simón le cuenta a Súper Chico Conejo lo que pasó. Le cuenta cómo Rey Vikingo y su Ejército de Robots invadió el pueblo y secuestró a Perro Cantante.

Súper Chico Conejo se enoja.

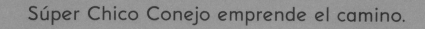

Súper Chico Conejo emprende el camino.

¡Ten cuidado, Súper Chico Conejo! ¡Los robots de Rey Vikingo están por todas partes!

¡No te preocupes, Simón, tengo mis superpoderes de conejo! ¡Que se cuiden los robots con los que me encuentre de aquí a la Fábrica Bum Bum! ¡Súper Chico Conejo al rescate!

4 EMPIEZA LA AVENTURA

Hay seis niveles entre la casa de Súper Chico Conejo y el fin de su aventura.

NIVEL 1: PUEBLO ANIMAL
NIVEL 2: MAR PLIS PLAS
NIVEL 3: DESIERTO TORMENTA
        DE ARENA
NIVEL 4: CERROS NUBLADOS
NIVEL 5: MONTE BUM
NIVEL 6: FÁBRICA BUM BUM

Cada nivel es más difícil que el anterior.
¿Podrá Súper Chico Conejo superarlos todos?

Súper Chico Conejo entra en acción en el Nivel 1.

Encuentra unas zanahorias que le dan poder.

Salta de una plataforma a otra.

Y mientras tanto, salta encima de los robots de Rey Vikingo. Eso los detiene.

¡Súper Chico Conejo completó el nivel!

NIVEL 2: MAR PLIS PLAS

Súper Chico Conejo se come un par de zanahorias antes de saltar al agua.

Ahora, Súper Chico Conejo debe enfrentar
nuevos peligros: nadar a través de angostos
túneles cubiertos de pinchos.

Esquiva a los robocangrejos y robopeces de Rey Vikingo que tratan de atraparlo y morderlo.

¡CHAC!

Se está cansando y el poder de las zanahorias se está agotando. Por fin, ve la Salida. Súper Chico Conejo está a punto de llegar cuando...

SALIDA

¡Un robopez GIGANTE se ha tragado a Súper Chico Conejo! ¡Ay, no!

¡TE QUEDAN 2 VIDAS!

Uf. ¡Vamos, Súper Chico Conejo!

Súper Chico Conejo vuelve a empezar el
Nivel 2. Está un poco confundido.

Súper Chico Conejo nada a lo largo del
nivel. Pero todo le resulta familiar.

Ninguna de las trampas o trucos lo sorprende.
Parece saber siempre hacia dónde ir y por qué
túneles nadar.

¡Ja! ¡Ja! ¡No me pueden alcanzar!

Está listo para todos los robocangrejos
y robopeces.

Ni siquiera el robopez gigante lo sorprende.

Súper Chico Conejo nada hasta la Salida.

¡Viva! ¡Ha terminado el Nivel 2!

NIVEL 3: DESIERTO TORMENTA DE ARENA

Súper Chico Conejo ve un desierto grande
y arenoso que se extiende hasta el horizonte.
Súper Chico Conejo ve la Salida
en la distancia.

¡Puedo ver la Salida desde
aquí! ¡Esto va a ser fácil!

Súper Chico Conejo cae en la arena y comienza a correr hacia la Salida.

¡Pobre Súper Chico Conejo! ¡Ay, no!

6 SALTA O HÚNDETE

¡TE QUEDA 1 VIDA!

Súper Chico Conejo vuelve a empezar
el Nivel 3. Está un poco confundido.
Todo le resulta familiar. Pero recuerda
algo importante.

NIVEL 3: DESIERTO TORMENTA DE ARENA

No podré correr en la arena.
¿Qué debo hacer?

¡Ya sé! ¡Voy
a saltar!

Súper Chico Conejo vuelve a entrar en
acción. ¡Esta vez, salta todo el camino!

Salta de piedra en piedra.

Salta sobre la arena.

Salta encima de cualquier robolagartija que se le cruza en el desierto.

¡Boing! ¡Boing! ¡Esto es divertido!

Súper Chico Conejo ya está cerca de la Salida. Solo necesita atravesar un último tramo de desierto. ¡El problema es que está lleno de roboculebras gigantes y hambrientas!

A Súper Chico Conejo no le gustan las culebras. Pero es muy valiente. Salta y avanza. Las roboculebras lo atacan. Él esquiva la primera roboculebra.

Salta al lado de la segunda roboculebra.

Salta rápidamente entre la tercera y la cuarta roboculebras.

¡Y luego salta directamente en la boca de la quinta roboculebra!

NIVEL 3: DESIERTO TORMENTA DE ARENA

Súper Chico Conejo vuelve a comenzar el Nivel 3. Está confundido. Pero salta hasta donde están las roboculebras. Antes de volver a enfrentarlas, ve un risco.

Súper Chico Conejo salta. ¡Es la entrada de un túnel secreto!

Corre por el túnel.

¡Por fin, sale del túnel y está justo en frente de la Salida! Se despide de las roboculebras y estas le sisean.

Sin más vidas extra, Súper Chico Conejo
se adentra en los Cerros Nublados.

NIVEL 4: CERROS
NUBLADOS

Las plataformas lo llevan por el cielo hasta
el Monte Bum. La Fábrica Bum Bum está en
la cima del Monte Bum.

Súper Chico Conejo ve zanahorias. Entre
más zanahorias coma, más poder tendrá.
Entre más poder tenga, más alto podrá saltar.

Salta de un cerro a una plataforma.

De una plataforma a un cerro. Cada vez más alto.

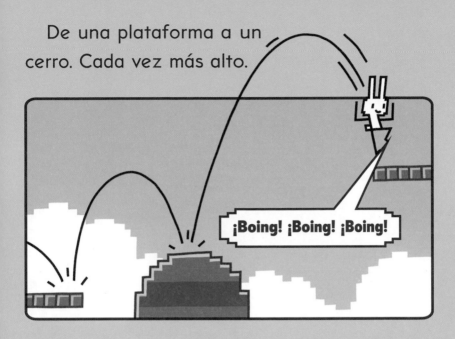

Súper Chico Conejo está casi al final del nivel. Solo tiene que saltar a través de un espacio muy, muy, **MUY** grande.

Afortunadamente, él puede saltar muy, muy,
MUY alto gracias a todas las zanahorias que
ha comido. Salta sobre ese espacio tan, tan,
TAN grande... y llega a la Salida.

¡CARAY!

NIVEL 5: MONTE BUM

El Monte Bum es un lugar aterrador.
Súper Chico Conejo ya no tiene más vidas
disponibles. ¡Pero es muy, **MUY** valiente!
Salta y entra en acción.

¡Salta a través de lagos de lava!

¡Esquiva bolas de fuego!

¡Salta de un robot a otro!

De repente, ¡dos robots gigantes saltan en frente de Súper Chico Conejo!

Hermano Robomachaca 1 suelta un puñetazo con la izquierda. Súper Chico Conejo lo evade ágilmente.

Súper Chico Conejo queda en frente de Hermano Robomachaca 2, ¡que está listo para golpearlo con la derecha! Tiene que saltar de nuevo para poder esquivar el poderoso golpe del gigante.

Ha esquivado los dos golpes.

¡Qué brutos! ¡Casi me dan!

Pero esta vez, Súper Chico Conejo cae justo en medio de los dos robots. ¡Cada uno, de su lado, suelta un puñetazo!

¡TRAS!

¡BIP!

¿VUELVES A INTENTARLO?

EMPEZA

9 SI EMPIEZAS...

¡EMPIEZA EL JUEGO!

Súper Chico Conejo vuelve al Castillo
Zanahoria con el erizo Simón.

¡Ten cuidado, Súper Chico Conejo! Los robots de Rey Vikingo están por todas partes.

Eh, no te preocupes Simón. Súper Chico Conejo va en camino. ¿De nuevo?

Súper Chico Conejo pasa rápidamente cada nivel. ¡Nada por encima del robopez!

¡Corre por el túnel secreto!

¡Salta sobre el espacio tan, tan, **TAN** grande!

En poco tiempo, Súper Chico Conejo vuelve a estar en frente de los Hermanos Robomachaca del Nivel 5. Salta, corre y los esquiva tan rápidamente como le es posible, pero ellos le ganan otra vez...

y otra vez...

y otra vez...

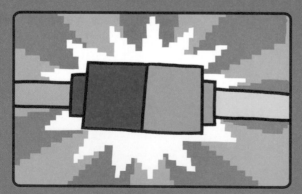

y otra vez...

Por más que lo intente, siempre termina con...

Una vez más, Súper Chico Conejo se enfrenta a los Hermanos Robomachaca. Pero esta vez sucede algo diferente.

Súper Chico Conejo esquiva cada golpe. ¡Recuerda la manera en que ellos golpean! Primero, esquiva un golpe de la izquierda y luego, de la derecha.

Y con un salto doble sobre las cabezas de los dos robots...

¡Súper Chico Conejo por fin los derrota! Está listo para pasar al último nivel.

10 PERDIDO

NIVEL 6: FÁBRICA BUM BUM

Ahora, Súper Chico Conejo entra al último nivel. ¡La fábrica es muy oscura y tenebrosa! Hay túneles y senderos en muchas direcciones.

¿Por dónde ir?

Súper Chico Conejo pasa de túnel en túnel y de puerta en puerta. Pero no hay indicios de Rey Vikingo ni de Perro Cantante.

¡Esto es un laberinto! ¿Dónde estarán? ¡Un momento! ¿Qué suena?

Súper Chico Conejo reconoce un sonido que viene de uno de los túneles. Se dirige allí. Entre más se acerca, mejor lo oye.

Corre por el laberinto hacia el lugar de donde viene el sonido.

Por fin, Súper Chico Conejo ve a Perro Cantante...

¿Está bailando, cantando y riéndose con
Rey Vikingo?

11 ¡HORA DE FESTEJAR!

De repente, ¡Rey Vikingo ve a Súper Chico Conejo!
Deja de bailar y Súper Chico Conejo se ríe.

¡Ja! ¡Ja! ¡Canalla Rey Vikingo! ¡Creía que no te gustaba la música, ni bailar, ni divertirte!

¡No me gusta! ¡NO! ¡NO ME GUSTA! No me gusta, y si crees que puedes irte de aquí con Perro Cantante y decirles a todos que sí...

Súper Chico Conejo está hasta la coronilla
de Rey Vikingo y sus robots. Nadó a través
de trampas, se escapó de las roboculebras,
sobrevivió la lava y derrotó a todo un ejército
de robots superodiosos. Está listo para
terminar esta aventura de una buena vez.

Así que salta y rebota una vez en la cabeza de la Armadura Megarrobovikinga de Rey Vikingo.

Dos veces.

Y tres veces.

¡La armadura explota con un gran estruendo!
¡Rey Vikingo sale volando y atraviesa el techo
de la Fábrica Bum Bum!

¡Gracias, Rey Vikingo!
¡Fue divertido vencer tu
Plan Antidiversión!

Al regresar a Pueblo Animal, hay una gran fiesta para agradecerle a Súper Chico Conejo el rescate de Perro Cantante. ¡Perro Cantante canta mejor que nunca y todos se DIVIERTEN mucho, mucho, MUCHO!

¡Súper Chico Conejo le ha devuelto la felicidad a Pueblo Animal!

THOMAS FLINTHAM

siempre ha adorado dibujar y contar historias, ¡y ahora ese es su trabajo! Thomas creció en Lincoln, Inglaterra, y estudió ilustración en Camberwell, Londres. Ahora vive cerca del mar con su esposa, Bethany, en Cornwall.

Thomas es el creador de THOMAS FLINTHAM'S BOOK OF MAZES AND PUZZLES y muchos otros libros infantiles. ¡PRESIONA EMPEZAR! es su primer libro por capítulos para lectores principiantes.

Algunas de las cosas que le gustan a Thomas:

videojuegos,

días lluviosos,

todo tipo de libros

y chocolates deliciosos.

¡PRESIONA EMPEZAR!

Averigua cuánto sabes sobre

¡FIN DEL JUEGO, SÚPER CHICO CONEJO!

¿Cómo es la vida en Pueblo Animal?

Mira la página 6. ¿Cuál es el plan de Rey Vikingo?

¿Cómo se convierte Chico Conejo en Súper Chico Conejo?

¿Cómo logra vencer Súper Chico Conejo a los Hermanos Robomachaca?

Mira la página 18. ¿Qué está diciendo el erizo Simón? Dibuja a Simón con una burbuja de diálogo. Luego, escribe una oración de diálogo dentro de la burbuja.

scholastic.com/branches